# Tarzan à la gomme

Né à Aarhus, au Danemark,
**Ole Lund Kirkegaard** (1940-1979)
a été pendant plusieurs années instituteur
dans une école à la campagne.
Il fut auteur-illustrateur de nombreux livres pour enfants, traduits dans plus de vingt langues, et plusieurs fois primés ; certaines de ses œuvres ont été filmées et, en 1981, l'Unicef choisit *Tarzan à la gomme* comme meilleur film de l'année pour les enfants.

**Collection dirigée par Laurence Kiefé**

Conception graphique : studio Mango

Cet ouvrage a paru pour la première fois en langue danoise sous le titre :
GUMMI-TARZAN, chez Gyldendal à Copenhague.

Ce livre a été publié pour la première fois en français aux Éditions Nathan en 1985.
Loi n° 49.956 du 16 juillet 1949 sur les publications destinées à la jeunesse
Dépôt légal : octobre 2003
ISBN : 2-7404-1683-0
Imprimé en France par *Partenaires-livres*®
M05073 - juin 2005

Ole Lund Kirkegaard

# Tarzan à la gomme

Traduit du danois
par Marianne et Michel Hoàng

BiBLiO MANGO

# 1

Ce livre est l'histoire d'un garçon qu'on surnommait Tarzan à la gomme. Mais ce n'était pas son vrai nom. Son vrai nom, c'était Ivan Olsen.

Voici son portrait

Comme tu vois, il n'était pas bien grand. Plutôt petit et maigre — peut-être même pas tellement beau. Il n'avait pas de muscles et ne pouvait casser la figure à personne. Voilà pourquoi Olsen se faisait cogner tous les jours. Ça peut paraître très drôle qu'Ivan Olsen se fasse cogner tous les jours. Eh bien, pas du tout ! En tout cas pas pour lui ! Il lui arrivait aussi de se retrouver les fesses trempées ou enfermé dans les cabinets de l'école. Cela non plus, ça n'était pas drôle du tout pour Ivan Olsen.

Les pires, c'étaient les grands.

— Dis donc, mon p'tit Ivan, lui disaient-ils en lui tirant les cheveux et les oreilles, tu nous fais voir tes muscles aujourd'hui ?

— Laissez-moi tranquille ! criait Ivan en se protégeant avec son cartable. Vous le savez bien que je n'ai pas de muscles.

— Allez, p'tit Ivan, rigolaient les grands. Montre-nous tes muscles tout de même.

Et ils lui retroussaient les manches pour regarder ses bras blancs maigrichons.

Voici comment
Ivan Olsen se fait rosser

— T'as bien raison, p'tit Ivan, continuaient-ils après avoir jeté un regard sur ses bras, tes muscles ne sont pas plus gros que des crottes d'oiseau.

Et ils rigolaient de plus belle avant d'aller lui mouiller les fesses – histoire de s'amuser – dans les toilettes de l'école, là où l'instituteur ne pouvait pas les voir.

Voici comment Ivan
se fait mouiller les fesses

Les grands – sacrément forts quand ils étaient tous ensemble – soulevaient Ivan pour lui coller les fesses sous le robinet et l'eau froide coulait dans son pantalon jusqu'au fond de ses bottes de caoutchouc. Du coup, le pantalon et les bottes d'Ivan Olsen étaient trempés. C'était encore pire en hiver car l'eau gelait et se transformait en glace le temps qu'Ivan rentre de l'école.

Le pantalon devenait alors aussi raide et dur que du carton et Ivan se dandinait comme un canard.

— Ha, ha, ha ! se moquaient les grands avec leurs voix éraillées. Vous avez vu ça ! Ivan a fait dans sa culotte.

— La ferme ! criait Ivan.

Mais les grands ne se taisaient pas. Ils riaient de plus belle et on aurait dit qu'ils avaient du papier de verre dans la gorge.

Voici les grands en train de rire

— Ivan, criaient-ils, tu es un vrai petit cochon ! Que va dire ta mère ?

La mère d'Ivan ne disait pas grand-chose.

Quand Ivan revenait tout trempé, elle secouait seulement la tête puis suspendait le pantalon dans la salle de bains.

Mais, cette cochonnerie de pantalon trempé, la mère d'Ivan en avait assez.

— Patauger dans toute cette eau, ça suffit, marmonnait-elle. J'en ai par-dessus la tête !

La mère d'Ivan ne disait pas grand-chose, mais son père, qui s'appelait M. Olsen, en disait bien plus. Il commençait tout de suite à crier très fort :

— Quoi ! Tu t'es encore laissé tremper les fesses !

— Ben oui… répondait Ivan.

— Mais qu'est-ce que c'est que ça ? tonnait son père en frappant sur la table à en faire sauter sa tasse de café. Il faut que tu apprennes à te défendre ! Tu dois te conduire en homme !

Voici le père d'Ivan - M. Olsen - qui frappe sur la table

— Qu'est-ce que ça veut dire se conduire en homme ? demandait Ivan.

— Eh bien, un homme, criait son père, un homme, c'est quelqu'un qui casse la figure aux autres !

— Moi, je ne veux pas, répondait Ivan. Je ne peux casser la figure à personne.

— Vraiment ! criait son père. Tu n'es bon à rien. Tu n'es qu'une poule mouillée !

— Ben oui... faisait Ivan Olsen. Peut-être bien.

— Beurk ! braillait son père en se levant de sa chaise avec lourdeur. Qu'ai-je donc fait, pauvre de moi, pour supporter cette poule mouillée de fils ?

— J'en sais rien, répondait Ivan Olsen.

C'est ainsi qu'Ivan Olsen fit son apprentissage de la vie. À l'école, il apprenait à se retrouver les fesses trempées et à se faire cogner, et à la maison, il apprenait qu'un garçon doit se conduire en homme et casser la figure aux autres. Sinon on est une poule mouillée.

Tu vois : c'était loin d'être facile de s'appeler Ivan Olsen.

# 2

En classe, Ivan Olsen et les autres enfants devaient apprendre les lettres et tout un tas d'autres choses. Mais ça ne marchait pas très bien. Tout au moins pour Ivan Olsen.

Il n'arrivait pas à retenir les lettres. Il trouvait qu'elles se ressemblaient toutes, et dans son livre de lecture on aurait dit de longues files de fourmis. Presque tous les autres enfants connaissaient leurs lettres, et certains savaient même lire dans de vrais livres. Mais Ivan Olsen ne savait rien lire du tout. Il restait là, assis, les mains moites, s'efforçant de retenir le nom de chaque lettre. Son maître était pourtant très gentil.

Le voici

Il aidait Ivan autant qu'il le pouvait, mais ça ne changeait pas grand-chose.

— C'est si rasoir d'apprendre les lettres,

disait Ivan à son maître. On ne pourrait pas apprendre autre chose ?

— Non, disait son maître. À l'école on doit apprendre ce qui est écrit dans les livres.

— Pourquoi ? demandait Ivan.

— Eh bien, parce que c'est le règlement et que le règlement c'est le règlement et qu'il faut respecter le règlement !

— Vous ne pouvez pas le changer un petit peu, votre règlement ? demanda un jour Ivan.

— Non, répondit le maître. Je ne suis qu'un homme très ordinaire qui ne peut changer quoi que ce soit.

— Dommage, dit Ivan. Parce que moi, je n'apprendrai jamais tous ces milliers de lettres.

— Allons, reprit son maître. Il n'y en a pas tant.

— Pour moi, il y en a terriblement beaucoup, continua Ivan en lorgnant les lettres qui fourmillaient sur le papier comme des fourmis dans une fourmilière. Bien trop, à mon avis !

Voici les lettres qui fourmillent devant les yeux d'Ivan Olsen

Un jour, Ivan Olsen rentra de l'école et son père – M. Olsen – lui demanda :

— Eh alors, mon garçon ! Qu'as-tu appris en classe aujourd'hui ?

— Euh… balbutia Ivan Olsen. Rien de spécial.

— Comment ça ? hurla son père. Rien de spécial ? Est-ce que ça veut dire que vous n'avez rien appris du tout en classe ?

— Ben oui… dit Ivan. Enfin, moi de toute façon.

— Ça c'est trop fort ! tempêta son père. C'est scandaleux. Alors que je me saigne à payer des impôts pour permettre à mon fils d'aller à l'école ! Pour qu'il devienne aussi savant et compétent que moi, son père ! Qu'est-ce que j'obtiens en retour ?

— J'en sais trop rien, répondit Ivan.

— Non, mais moi je le sais, hurla son père. J'obtiens un fils stupide et incapable.

Et il se cogna la tête sur la table.

— Mais qu'ai-je donc fait, pauvre de moi ? gémit-il.

— Tu as dû te faire une bosse, dit Ivan Olsen qui s'éloigna.

À l'école, les enfants faisaient parfois de la gymnastique. Pendant les cours de gym, les filles jouaient au ballon et dansaient en musique. Les garçons, eux, ne dansaient jamais. Dans cette école, ils devaient apprendre à tendre et à fléchir les bras et les jambes afin de développer leurs muscles. Ils devaient aussi grimper à la corde – comme des singes – et sauter par-dessus le cheval d'arçon.

Un cheval d'arçon, c'est une grande caisse rectangulaire qui repose sur quatre pieds.

Ivan Olsen avait peur de grimper à la corde et de sauter par-dessus le cheval parce qu'il craignait de tomber et d'avoir le nez en sang. Il l'expliqua au prof de gym.

— Arrh ! dit le prof qui était devenu prof de gym parce qu'il était fort au cheval d'arçon et croyait que tout le monde était comme lui. Arrh ! reprit-il. Un grand garçon comme toi n'a peur de rien, n'est-ce pas ?

— Justement si, dit Ivan Olsen.

— Arrh ! dit une fois de plus le prof de gym qui avait oublié comment c'était d'être petit et d'avoir peur. Alors il faut que tu t'entraînes sans tarder.

— Non merci, dit Ivan.

— Mais si, mais si, dit le prof de gym. Tu es à l'école pour apprendre.

Puis il installa Ivan à califourchon sur le cheval. Mais, une fois assis, Ivan se contracta de peur jusqu'à en tomber par terre, ce qui lui mit le nez en sang.

Voici Ivan qui tombe du cheval sur le nez

— Hop là ! Remonte ! dit le prof de gym. Un grand garçon comme toi ne pleure pas pour une si petite chose, n'est-ce pas ?

— Ben non, marmonna Ivan Olsen en essuyant le sang de son nez. Un grand, sûrement pas.

Mais Ivan ne se sentait pas grand du tout. Il se sentait un tout petit garçon tout maigrichon qui, jour après jour, se retrouvait les fesses trempées et le nez en sang et qui, malgré tout, ne devait jamais pleurer.

Ivan Olsen pensait que décidément le monde était très, très bizarre.

# 3

Un jour, le père d'Ivan Olsen – M. Olsen – rentra à la maison un livre sous le bras.

Le voici

Le livre avait pour titre *Tarzan dans la jungle.*

C'était un livre de suspense si excitant que M. Olsen en oublia de boire son café. Du coup, son café refroidit pendant qu'il lisait. Bref…

Ce livre racontait l'histoire d'un homme appelé Tarzan. Tarzan vivait dans la forêt vierge et il était très, très fort. Tout ça était écrit dans le livre – et d'ailleurs on pouvait le voir sur les images.

Comme tu peux le constater, Tarzan se déplaçait dans les arbres. Il savait aussi parler avec les singes. Et même qu'il était le roi des singes. Oui, c'était bien écrit : le roi des singes.

Tarzan avait une fiancée. Elle se nommait Jane et était tout le temps très fatiguée.

— Porte-moi, Tarzan, demandait-elle.

Et Tarzan la portait. Il traînait sa fiancée partout dans la jungle.

Mais Tarzan savait faire d'autres choses. Par exemple tuer des crocodiles. Il passait même pas mal de temps à tuer des crocodiles dans les fleuves marécageux de la jungle.

Le père d'Ivan Olsen trouvait que *Tarzan dans la jungle* était un livre extraordinaire et Tarzan un homme extraordinaire. Alors, dès qu'il eut terminé le livre, il appela son fils, Ivan Olsen.

— Regarde, dit-il en montrant une image du livre. Voici un vrai homme.

Ivan jeta un coup d'œil sur l'image.

— Pourquoi est-il pendu à une branche ?

demanda Ivan, qui n'avait jamais vu une grande personne grimper dans les arbres.

— Mais parce qu'il est le roi des singes, voyons ! répondit M. Olsen en se frappant la poitrine à coups de poings jusqu'à en tousser.

— Oui mais… reprit Ivan. Il est tout nu. Il n'a qu'un slip. Les vrais rois portent des vêtements.

— Bah ! s'exclama son père, les vrais rois ne sont que des poules mouillées. Tandis que celui-ci, il est fort, généreux, grand et beau.

— Je le trouve un peu gros, fit Ivan Olsen.

— Mais non ! hurla son père en martelant le livre de son poing. Il est fort et sain.

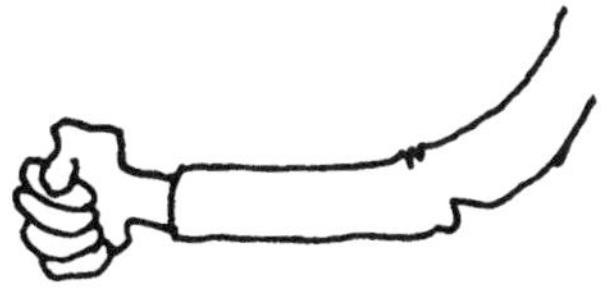

Sur la page suivante, tu peux voir le père d'Ivan frappant sur le livre avec son poing.

Comme tu peux t'en apercevoir, il frappa juste sur la tête de Tarzan.

— Mon Dieu ! grommela le père d'Ivan Olsen consterné en se levant d'un coup. Je vous demande pardon, monsieur Tarzan.

Mais Tarzan gardait son sourire. Il demeurait accroché dans son arbre, guettant des crocodiles à tuer.

— Hum, enfin bref… marmonna M. Olsen en fermant avec soin son livre. C'est lui Tarzan, le roi des singes.

— Mais il est un peu gros, répéta Ivan.

Son père se fâcha alors tout rouge.

— Faux ! cria-t-il, mais cette fois il ne tapa pas sur le livre. Tarzan est grand et noble, et toi, mon fils, tu devrais prendre exemple sur lui.

— Mince alors ! dit Ivan. Comment que j'vais faire ?

— Eh bien, dit son père plus gentiment,

d'abord il faut que tu apprennes à grimper aux arbres !

— Ça, je n'oserai jamais, dit Ivan, je vais tomber sur le nez et ça va saigner.

— Allons donc ! Un grand garçon comme toi n'aura pas de mal à sauter d'une branche à l'autre.

— Oui, mais moi, je n'ai pas envie du tout de sauter d'une branche à l'autre, dit Ivan Olsen. J'ai envie qu'on me laisse tranquille.

— Ça ! répliqua aussitôt son père d'un ton suffisant, ça, c'est quelque chose que moi je décide. Parce que tu es mon fils et qu'un fils doit obéir à son père.

— Pourquoi donc ? demanda Ivan.

— Eh bien, euh… répondit M. Olsen, parce que c'est comme ça, tout simplement. Ça doit être inscrit quelque part dans la loi. Les fils doivent obéir à leur père.

« Crotte de loi », pensa Ivan tandis que son père le traînait dans le pré pour le hisser en haut d'un arbre.

Et voilà Ivan Olsen accroché à une branche. De peur, il contracta son ventre – à en casser la branche – et se retrouva par terre, le nez en sang.

— Tu vois, dit Ivan à son père, en essuyant son nez plein de sang, je ne suis pas fait pour jouer à Tarzan.

— Bah ! grommela son père en se grattant la tête, tu ne sais rien faire. Tu es… euh… tu n'es qu'un pauvre Tarzan à la gomme.

— Ah bon, murmura Ivan, s'essuyant à nouveau le nez. Je croyais que j'étais une poule mouillée.

— Tu es aussi une poule mouillée, répliqua son père. Mais avant tout, tu es un Tarzan à la gomme.

— Eh bien tant pis ! dit Ivan qui s'en alla.

Mais écoutez-moi bien : dans la rue passait alors un groupe d'enfants qui entendirent comment le père d'Ivan appelait son fils.

— Ah, ah, Tarzan à la gomme ! répétèrent-ils en rigolant. Ça, c'est un nom super. On va l'appeler comme ça, maintenant. Tarzan à la gomme, ah, ah…

Et dès le lendemain, les grands attendaient Ivan dans la cour de l'école en se tordant de rire.

— Salut, Tarzan à la gomme, tu nous fais voir tes muscles ?

— Fermez-la ! dit Ivan.

Mais cela n'eut aucun effet, bien sûr, et Ivan dut commencer sa journée par une séance de trempette dans les toilettes de l'école.

Ce sont des choses qui arrivent.

# 4

Ivan en avait vraiment assez d'être appelé Tarzan à la gomme. D'ailleurs, quelle gomme ? Lui, il n'était qu'un petit garçon très ordinaire qui se faisait bien trop souvent cogner et tremper les fesses.

Alors, un jour, Ivan Olsen décida qu'il devait apprendre quelque chose. Quelque chose où il deviendrait le meilleur.

— Bon ! D'abord, déclara Ivan, je vais apprendre à jouer au ballon comme les autres garçons.

Il se dirigea vers le terrain de foot pour commencer son apprentissage.

Le terrain de football était une grande pelouse verte. Ça grouillait de garçons qui couraient en tous sens derrière un ballon.

— Voilà Tarzan à la gomme ! cria un des garçons. Qu'est-ce qu'il vient donc faire ici ?

— Euh... dit Ivan. J'aimerais bien apprendre à jouer au ballon.

Tous les garçons cessèrent de jouer pour se rassembler autour de lui.

— Qu'est-ce que tu dis ?

— J'aimerais bien apprendre à jouer au ballon, répéta Ivan.

— Tu sais faire une passe ? lui demanda un grand maigre.

— Une quoi ? dit Ivan, car il ne savait pas ce qu'était une passe.

— Tu sais dribbler ? l'interrogea un autre.

— Euh... répondit Ivan Olsen. Dribbler ?...

— Ha, ha ! s'exclamèrent les garçons. Tu n'y connaîs rien en foot, on dirait.

— Ben non... dit Ivan.

— Allez, laissez-le essayer, dit le grand maigre. Voyons ce qu'il vaut, notre Tarzan à la gomme.

— Bon, d'accord, dit un joueur. Allez ! Shoote, mon vieux.

Le ballon de football était là dans l'herbe.

— Prends de l'élan, conseilla l'un des joueurs.

Ivan Olsen recula de sept à huit mètres pour se donner de l'élan, fonça sur le ballon et shoota le plus fort possible. Mais Ivan Olsen ne shoota pas dans le ballon.

À la place, il fit un énorme trou dans l'air, perdit une de ses bottes et retomba par terre avec un bruit sourd.

Comme ceci

— Aïe ! gémit Ivan Olsen.

— Ben, tu es un vrai clown au foot, ricanèrent les garçons en lui cognant sur la tête avec sa botte en caoutchouc. Tu ne sauras jamais jouer.

— C'est bien possible, fit Ivan. Peut-être que je ne saurai jamais jouer.

Les autres garçons reprirent leur partie tandis que Ivan s'éloignait.

Du coup, Ivan décida d'apprendre à monter à vélo. Comme il n'en avait pas, il fut obligé d'emprunter celui de sa mère, une grande bicyclette noire qu'il sortit de la cave.

Ivan posa la bicyclette contre la grille du jardin et se mit à la contempler par en dessous.

« Je me demande si je serai capable de grimper sur un si grand vélo », pensa-t-il.

Pour enfourcher la grande bicyclette noire, il escalada la grille du jardin.

— Oh là, là ! dit-il en regardant en bas. C'est haut ! Ça me donne le vertige.

Or, pendant qu'Ivan était perché tout en

haut de la bicyclette noire de sa mère, passa un des grands de l'école.

— Salut, Tarzan à la gomme ! cria le grand. Qu'est-ce que tu fabriques là-haut ?

— Je fais du vélo, répondit Ivan.

— Ha, ha ! ricana le grand, tu appelles ça faire du vélo ? Mais tu ne roules même pas !

— Eh bien ! répondit Ivan, c'est parce que je ne sais pas comment le mettre en marche.

— Tu es un vrai âne, continua l'autre garçon. Il faut pédaler, mon vieux.

— Oui… murmura Ivan. Je sais bien.

— Mais fais-le, alors ! cria le garçon.

— Oui mais…, reprit Ivan. C'est que mes jambes ne peuvent pas atteindre les pédales. Elles sont trop courtes.

Le grand alluma lentement une cigarette et se mit à réfléchir.

— Écoute-moi, Tarzan à la gomme, je pourrais peut-être te donner un coup de main.

Et, sans attendre la réponse, d'un bon coup il poussa le grand vélo noir.

— Merci b… b… bien, bégaya Ivan Olsen en dévalant la rue, agrippé au guidon.

Voici la dame
qui crie après Ivan

Il fila d'un trait – dépassant des réverbères et des panneaux de signalisation, des chiens et des voitures – et frôla une vieille dame qui dut se mettre à courir pour sauver sa peau.

— Espèce de voyou ! hurla-t-elle en menaçant Ivan avec son parapluie. Vaurien, bandit, assassin, crapule !...

— Ça va, ça va, marmonna Ivan en filant de plus belle.

« Oh là là ! pensa Ivan. Zut alors ! C'est difficile de faire de la bicyclette. »

Mais voici que ça devenait encore pire. D'abord le vélo traversa la roseraie de la ville – Ivan toujours perché sur la selle. Cette roseraie était un endroit vraiment très chic. Ça se voyait au nombre des pancartes qui y étaient plantées.

*Interdit aux enfants*, y lisait-on.

Pourtant, Ivan Olsen traversa le jardin d'un bout à l'autre ainsi que tous les parterres de roses.

— Stop ! Arrête ! hurla un homme qui râtissait au milieu des rosiers. Où te crois-tu donc ?

Il commença à courir après Ivan en brandissant son râteau.

— Malappris ! cria-t-il. Fiche le camp ! Disparais !

« Je voudrais bien », songea Ivan.

Il sortit en trombe du jardin, toujours perché sur la bicyclette, puis s'engagea dans une rue étroite et raide qui descendait vers le port.

En haut de cette rue, Ivan vit qu'il allait déboucher tout droit sur une jetée qui s'avançait dans l'eau. Deux pêcheurs y étaient installés. Bien tranquilles à fumer en paix leur pipe et à parler de l'air du temps quand Ivan leur fonça dessus.

— Attention ! hurla Ivan. C'est moi !

Les deux pêcheurs furent pris de panique en voyant Ivan débouler.

— Mon Dieu ! crièrent-ils. Il vient droit sur nous. Au secours !

Du coup, ils lâchèrent leur pipe, leur canne à pêche et leur chapeau et plongèrent la tête la première dans l'eau.

## Voici comment

Ivan Olsen arriva sur la jetée en zigzaguant.

— Aïe ! soupira-t-il. Je vais me noyer.

Et il tomba dans l'eau avec son grand vélo noir. Plouf !...

— Glou-glou, fit Ivan Olsen. Bloub-bloub...

Mais Ivan ne se noya pas.

L'un des pêcheurs le repêcha au bout de son hameçon, et voilà Ivan accroché au bout de la ligne, tout dégoulinant d'eau.

Plop… plop… plop…

— Regarde bien, grogna le pêcheur en tenant Ivan devant une pancarte plantée à l'entrée de la jetée. Tu ne sais donc pas lire, mon petit ?

Voici Ivan face au panneau d'interdiction

— Non, répondit Ivan.

— Eh bien, dit le pêcheur, je vais le lire pour toi ! Il est écrit : *Les vélos sont interdits sur la jetée.*

— Ah bon ! dit Ivan…

— De nos jours, les enfants n'apprennent même plus à lire en classe. À l'école, ils ne font que s'amuser, dit l'autre pêcheur en se hissant sur la jetée.

Le premier pêcheur relâcha Ivan.

— Tu n'es pas bien doué pour le vélo, dit il. Tu ne crois pas que tu pourrais t'amuser à autre chose ?

— Ben… peut-être que oui, fit Ivan. Vous avez sans doute raison.

Ce jour-là, lorsque Ivan rentra à la maison les vêtements trempés et la bicyclette dégoulinante, sa mère poussa un gros soupir.

— J'en ai par-dessus la tête de toutes ces inondations, gronda-t-elle. Tu ne peux pas trouver mieux à faire ?

M. Olsen, lui aussi, poussa un soupir.

Un gros soupir que l'on aurait pu entendre de l'autre côté de la rue.

— Trempé des pieds à la tête, bougonna-t-il. Vraiment, ça dépasse tout.

— Ben oui, murmura Ivan.

# 5

Les jours suivants, Ivan Olsen essaya d'apprendre autre chose. Parfois, en passant devant les grands, il les regardait jouer à « crache-loin ».

Les mains dans les poches, ils prenaient un air très supérieur. Certains arrivaient à lancer un crachat de l'autre côté de la rue. Il y en avait un qui pouvait même cracher sur un réverbère à une distance de huit mètres. C'était super.

« Il faut que j'apprenne à le faire », songea Ivan.

Et il essaya, lui aussi, de cracher loin sur le trottoir. Mais ça ne marchait pas fort. Ses crachats n'étaient qu'une petite mousse blanche qui coulait sur son menton et tachait sa chemise.

— Dis donc ! ronchonna son père en sortant la tête par la fenêtre. Voilà que tu salis tes vêtements à présent. Et, en plus, tu le fais exprès !

Voici les grands qui jouent
à « crache-loin »

— Ben oui, murmura Ivan et il s'éloigna.

Vers la rivière.

Parce que son père n'y venait jamais.

Près de la rivière, des oiseaux chantaient, perchés sur les arbres. Juste au-dessus de la tête d'Ivan, un merle sifflait.

« Tiens ! pensa Ivan en s'asseyant dans l'herbe. Si j'apprenais à siffler ? »

Or, pendant qu'il était là à siffloter, passa une vieille femme qui boitait. Elle avait une allure très étrange. Un corbeau était perché dans ses cheveux et elle n'avait qu'une seule dent.

Tu peux la voir
sur l'autre page

— Salut, dit la vieille.

— Salut, répondit Ivan.

— Tu n'as pas peur de moi ? lui demanda-t-elle.

Salut

— Non, dit Ivan. J'ai peur de me faire tremper les fesses, de saigner du nez ou des choses comme ça. Mais de toi, je n'ai pas peur.

— C'est curieux, dit la vieille, car je suis une sorcière. Une vraie sorcière à toute épreuve.

— Ah bon ! fit Ivan, regardant la vieille avec son corbeau perché dans ses cheveux. Je n'ai encore jamais rencontré de vraie sorcière. D'ailleurs, mon père affirme que les sorcières n'existent pas.

— Tiens, tiens ! dit la vieille en clignant d'un œil. C'est ton père qui t'a dit ça ?

— Ben oui, répondit Ivan. Il dit que les sorcières et tout ça, ce ne sont que des blagues.

La vieille sourit à Ivan en exhibant son unique dent.

— Ton père n'est qu'une vieille poule mouillée. Mais il va voir ce qu'il va voir.

— Il est furieux contre moi parce que je ne suis pas capable d'apprendre à lire, de grimper dans les arbres et de jouer au foot, expliqua Ivan.

La vieille hocha la tête.

— C'est bien ça, dit-elle. Il est comme toutes les vieilles poules mouillées. Maintenant, écoute-moi bien. Si tu formules un vœu, je l'exaucerai.

— Un vœu… ! s'exclama Ivan. Quel genre de vœu ?

— Eh bien voyons, reprit la vieille. Tu sais bien, lorsqu'on rencontre une sorcière, on a toujours le droit de faire un vœu. Tu peux me demander tout ce que tu voudras.

— Youpi ! s'exclama Ivan Olsen. Quelle chance j'ai aujourd'hui ! Bon, je vais te demander…

— Attention, ne te presse pas, l'interrompit la vieille sorcière. Lorsqu'on a droit à un vœu, il ne faut pas demander n'importe quoi. Pas des choses banales comme un vélo neuf, un piano ou une montre étanche. Ces bricoles-là, on peut les acheter en faisant des économies. Non, rentre chez toi et réfléchis bien jusqu'à demain. Rendez-vous ici même.

— D'accord ! dit Ivan.

Et il rentra vite chez lui pour bien réfléchir.

Il resta éveillé toute la nuit à réfléchir sur ce qu'il pourrait demander le lendemain à la sorcière.

Voici Ivan qui réfléchit

« Je pourrais peut-être lui demander cent couronnes, songea-t-il, ou mille, ou même sept millions de couronnes. Ou bien de devenir champion de foot, et imbattable au « crache-loin ». Non, tout ça ne vaut pas le coup. »

Dans l'obscurité, il réfléchissait tant que son lit grinçait.

« Tiens, je pourrais demander à devenir aussi fort que Tarzan, songea-t-il ; du coup, je pourrais cogner sur la tronche des grands. Je me demande si Tarzan peut cracher jusqu'à l'autre côté de la rue – peut-être pas. Dans la jungle, il ne doit sans doute pas cracher. Ça ferait pourtant bien plaisir à mon père que je devienne fort comme Tarzan. Mais après tout, pourquoi lui faire plaisir ? Il ne me fait pas plaisir, lui ! »

Ivan Olsen poussa un grand soupir et se retourna dans son lit.

« Pourquoi ne pas demander à être comme tous les autres garçons qui ne se font jamais mouiller les fesses ? Ou que personne ne m'appelle plus Tarzan à la gomme ? Mais, c'est vrai, on n'a droit qu'à un seul vœu. »

Cette nuit-là, Ivan Olsen apprit comme c'est difficile de faire un vœu. Il réfléchit et réfléchit encore, et ce n'est qu'au petit matin, quand le merle commença à chanter sur le toit voisin, qu'il sut soudain ce qu'il allait demander à la sorcière.

Il sauta de son lit comme ceci, s'habilla et courut vers la rivière.

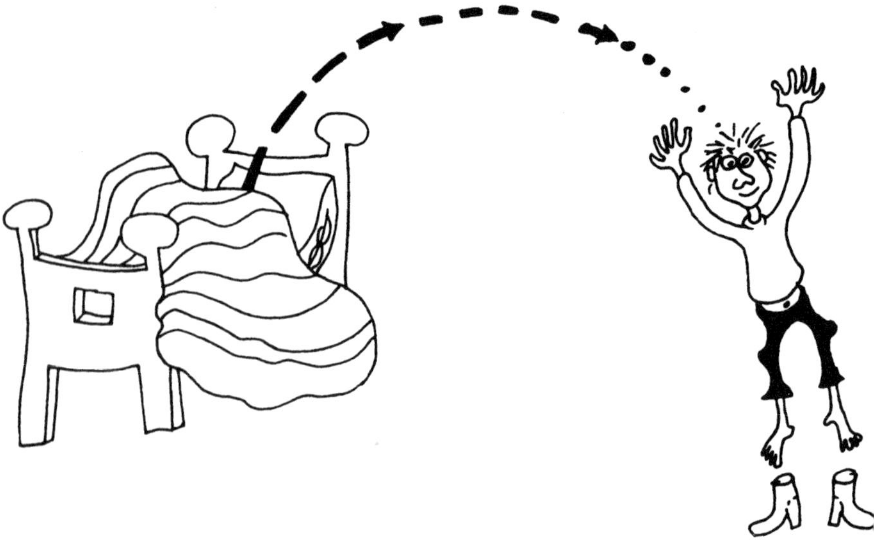

— Ça y est ! s'exclama-t-il en s'élançant à grandes enjambées. Ça y est, je sais ce que je vais demander !

La vieille sorcière n'était pas près de la rivière et Ivan se mit à sa recherche. Quand il la retrouva enfin, elle était devant une vieille roulotte, pas encore bien réveillée.

— Mon Dieu ! dit-elle en se frottant les yeux. Tu es bien matinal !

— Oui, s'écria Ivan. Parce que je sais ce que je vais te demander.

— Bon, alors fais-moi part de ton vœu, dit la sorcière en bâillant.

— Je voudrais que tous mes vœux soient exaucés ! s'écria Ivan Olsen.

Ahurie, la vieille sorcière cessa de bâiller.

— Quoi ? Répète-moi ça, s'il te plaît, dit elle.

— Eh bien, je voudrais que tous mes vœux soient exaucés, dit Ivan tout fier.

— Ça, par exemple ! murmura la vieille. Tous tes vœux… as-tu dit ?

— C'est bien ça. Tous mes vœux, répliqua Ivan.

— Nixi pix ! Ça alors ! marmonna la vieille en s'affaissant sur les marches de la roulotte. C'est vraiment le vœu le plus énorme de toute ma carrière de sorcière.

— Eh bien, il faut dire que j'y ai réfléchi toute la nuit ! dit fièrement Ivan.

La vieille femme se gratta la tête, ce qui fit s'envoler le corbeau.

— Un vœu aussi énorme, je ne peux en exaucer qu'un seul par jour. Attends un moment. Je dois consulter mon livre de sorcellerie, dit-elle.

Elle sortit de sa roulotte un vieux livre qu'elle commença à feuilleter.

— Vœux énormes... murmura-t-elle.

Énormes… énormes… Ah, voici. Vœux énormes… page 333.

— C'est un bon vœu, un très bon vœu, n'est-ce pas ? fit Ivan.

La vieille femme hocha la tête puis elle alluma le feu et posa dessus une petite marmite noire.

— Très bon, murmura-t-elle.

Quand l'eau commença à bouillir dans la marmite, elle partit chercher divers ingrédients qu'elle versa dedans.

Comme tu peux le constater, cela fit beaucoup de fumée ; et le corbeau se mit à tousser dans les cheveux de la vieille sorcière.

— Qu'as-tu jeté dans la marmite ? lui demanda Ivan accroupi auprès d'elle.

— Ah ! Un peu de tout, répliqua la vieille. De la graisse d'escargot – c'est très utilisé par les sorcières –, des épines-de-feu, des œufs de grenouille, du pipi de souris, du poil de chat, de la vermine et de la bière de Père Noël. Enfin… toutes ces choses bizarres que collectionnent les sorcières au cours de leur vie.

— Ah bon ! Et toutes ces choses-là ont quel goût ? demanda Ivan.

— Un goût horrible, répondit la vieille femme avec un sourire. Un goût horrible. Je n'en mange que lorsque j'ai des invités. Autrement, je me contente de soupe et de hareng grillé, avec de temps à autre un petit verre d'eau-de-vie. Mais goûtons un peu à cette potion.

Elle colla sous le nez d'Ivan Olsen une cuillerée d'un ragoût jaunâtre et grumeleux.

— Slurp… gloup… beurk… Nom d'une pipe, c'est dégoûtant ! grimaça Ivan.

— Pour ça oui, et c'est fort, remarqua la

vieille. Mais tu pourras me demander ce que tu voudras. Seulement n'oublie pas : c'est valable juste pour aujourd'hui seulement.

— Entendu. Juste pour aujourd'hui, acquiesça Ivan Olsen.

# 6

Et voilà ! Ivan Olsen peut voir n'importe lequel de ses vœux exaucé.

Au moins pour une journée.

Tout d'abord, il souhaita devenir champion du monde de « crache-loin ». Les mains au fond de ses poches – comme les grands pendant les concours –, il expédia un crachat de l'autre côté de la rue.

— Youpi ! s'exclama-t-il. J'y suis arrivé. Je peux cracher très loin.

Il recommença – rien que pour vérifier qu'il y arrivait bien.

« Eh bien, mon vieil Ivan, se dit-il, pourvu que quelqu'un passe par ici ! »

C'est justement ce qui arriva. Deux

grands boutonneux qui avaient déjà plusieurs fois trempé les fesses d'Ivan.

— Tiens, tiens ! ricanèrent-ils. Voici notre Tarzan à la gomme. Qu'est-ce qu'il devient, notre petit Superman ?

— Je crache, répliqua Ivan. Je crache loin, très loin.

Les deux grands se tordirent de rire.

— Est-ce que j'ai bien entendu ? s'écria l'un d'eux en s'étranglant de rire. Tu as bien dit « je crache loin » ?

— Exact, dit Ivan.

— Fais-nous voir. Montre-nous ce que tu sais faire, Tarzan à la gomme, dirent les grands.

— D'accord. Vous voyez ce réverbère tout au bout, là-bas ? leur demanda Ivan.

— Ha, ha ! Tu crois peut-être qu'on a besoin de lunettes, mon petit ? rigolèrent-ils.

Sur la page suivante,
tu peux voir un crachat
de champion

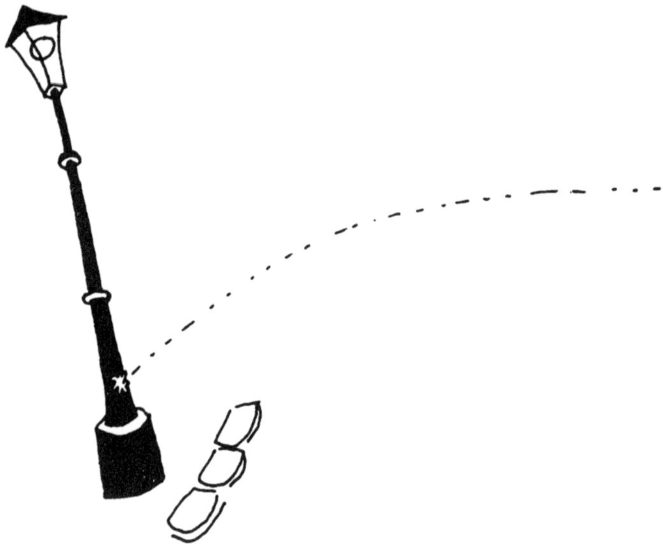

Ivan ne leur répondit même pas. Il enfonça les mains dans ses poches, renversa la tête en arrière et lança un beau crachat tout rond au milieu du réverbère.

— Ben mince alors… ! firent les grands qui en oublièrent de ricaner. Mince alors, il l'a bien eu !

— Exact, dit Ivan. Ça vous suffit ou… ?

— Ben oui, s'extasièrent les grands. Mais fais-nous voir encore une fois. On a peut-être mal regardé la première fois.

Ivan se renversa à nouveau et expédia un

autre crachat sur le réverbère – et cette fois, il cracha les yeux fermés.

Les deux grands restèrent bouche bée.

— C'est complètement dingue, bredouilla l'un deux. Il est tordu, ce Tarzan à la gomme !

Et ils s'en furent.

Ivan remarqua pourtant qu'ils avaient l'air écœuré.

Sur le chemin de l'école, Ivan Olsen dépassa une bibliothèque. Jamais il n'était entré dans un lieu pareil puisqu'il ne savait pas lire.

« Bon, voici l'occasion d'emprunter un livre. Je vais faire la lecture au maître », songea-t-il.

Ivan pénétra dans la bibliothèque.

— Salut, dit-il à la bibliothécaire. Je voudrais emprunter le livre le plus grand et le plus lourd que vous ayez.

Voici la bibliothécaire

— Moi, je veux bien, mais ce livre est si grand et si lourd que personne ne peut l'emporter, fit l'employée.

— Moi, j'y arriverai, dit Ivan.

— Tu crois ça ? lui demanda la dame en souriant.

Elle lui montra quand même l'endroit où était rangé ce livre. Pour être grand, il était grand. Il contenait plus de 9 000 pages et il était aussi encombrant qu'un réfrigérateur.

— Je l'emprunte tout de suite, lança Ivan.

Et il emporta l'énorme livre sous son bras ; dans la rue, il trouva une brouette qui s'ennuyait et sur laquelle il le déposa. Il poussa ainsi le livre jusqu'à l'école et entra en pleine classe.

Voici Ivan Olsen avec son livre

— Bonjour, lança Ivan à son maître. Je viens vous faire la lecture.

Sur le coup, le maître faillit laisser tomber ses lunettes.

— Comment ça ? dit-il en sursautant.

— Eh bien, je vais faire la lecture pour toute la classe ! répondit Ivan.

— Mais enfin, tu ne sais même pas lire, lança le maître.

— Ben aujourd'hui je sais lire, répliqua Ivan.

Et il se mit à lire à haute voix cet énorme livre devant son maître et tous les élèves de la classe.

Voici Ivan qui fait
la lecture à voix haute

Le maître d'école laissa tomber ses lunettes sur son bureau en entendant Ivan Olsen lire cet énorme livre.

— Et maintenant, je vais vous le lire encore une fois, dit Ivan.

Et il le relut, mais cette fois à l'envers.

— Ouf ! fit le maître avant de s'évanouir.

Car jamais auparavant, il n'avait vu ni entendu un enfant lire un livre aussi grand et aussi gros.

Mais ce n'était pas encore fini. Ivan descendit dans la cour de l'école. Les grands l'y attendaient comme d'habitude pour jouer à lui tremper les fesses.

— Salut, Tarzan à la gomme ! lancèrent-ils. Tu nous fais voir tes muscles ?

— Si ça peut vous faire plaisir, répondit Ivan.

Les grands hoquetèrent de rire en se frappant les cuisses de la paume des mains.

— Vous avez entendu ? Tarzan à la gomme veut bien nous faire voir ses crottes d'oiseau, lança l'un d'eux.

— Il doit avoir une araignée dans le

plafond, hurlèrent-ils tous en chœur.

— Eh bien, Tarzan à la gomme, s'exclama le plus grand et le plus costaud, tu les sors, oui ou non, tes crottes d'oiseau ? Espèce de minus !

— Sinon, on va te tremper les fesses, menaça un autre.

— De toute façon, on le mouillera quand même. Allez, sors tes ailes, Tarzan à la gomme ! reprit le plus grand.

Ivan Olsen se trouvait seul contre tous et eux, ils riaient, vociféraient et sautillaient autour de lui.

— Vous êtes bien sûrs que vous aurez le courage de voir mes muscles ? demanda Ivan.

Les grands se mirent à pouffer.

— Ben évidemment qu'on en a le courage ! ricanèrent-ils. Allez, vas-y, sors-les, Tarzan à la gomme !

Ivan Olsen retroussa alors lentement sa manche et plia le bras.

— Prêts ? demanda-t-il.

Les grands s'étranglaient maintenant de

rire, essuyant les larmes qui coulaient sur leurs joues pleines de boutons.

— Ouais, on est prêts, vas-y donc ! hurlèrent-ils.

Ivan Olsen banda le biceps de son bras gauche.

Splaf ! Un muscle de la taille d'un ballon de rugby surgit tout à coup de son bras.

Comme ceci

vlan !
...

Il y eut alors un grand silence dans toute la cour de récréation.

— Oh la vache ! souffla un grand. Pourvu qu'il ne se serve pas de ses énormes muscles.

— Eh bien si, justement, je vais le faire ! lança Ivan Olsen. Et tout de suite.

C'est ainsi qu'en un rien de temps il trempa les fesses des dix-sept pires voyous avant d'enfermer les autres dans les toilettes de l'école.

Pareil pour le prof de gym.

— Non, je ne veux pas ! hurla ce dernier. J'ai peur…

— Arrh ! lui dit Ivan Olsen. Un grand comme vous, ça n'a peur de rien, n'est-ce pas ?

Puis il claqua la porte avec fracas, juste au nez du prof de gym.

# 7

Ce jour-là, quand Ivan Olsen rentra de l'école, il trouva son père – M. Olsen – en train de lire, comme d'habitude, son livre de Tarzan.

— Approche que je te voie, grommela M. Olsen en fixant son fils. Tu n'as pas les fesses trempées, aujourd'hui ?

— Non, répondit Ivan.

— Dis donc, tu n'as pas séché l'école, au moins ? demanda son père en se levant de sa chaise.

— Non, reprit Ivan.

— Hum, ronchonna son père. Et qu'as-tu appris en classe ?

— Rien de particulier, dit Ivan.

— Qu'est-ce que ça signifie, rien de particulier ? cria M. Olsen.

— Ben, rien de particulier, répèta Ivan.

— Mais enfin, tu n'as donc rien fait de la journée ? s'écria son père.

— Bof, si. J'ai quand même lu un livre aussi gros qu'un réfrigérateur, répliqua Ivan.

— Aussi gros qu'un quoi ? hurla son père.

— Qu'un réfrigérateur, j'ai dit, répondit Ivan. Et puis j'ai trempé les fesses de quelques grands et enfermé le prof de gym dans les toilettes.

— Bon Dieu ! rugit son père en se frappant le front. Voilà que tu te mets à mentir à ton père, maintenant !

— Non ! dit Ivan. C'est vrai, ce que je dis, espèce de vieille poule mouillée !

— Ah, tiens-toi bien ! hurla son père en se fâchant tout rouge. Les enfants n'ont pas le droit de parler ainsi à leurs parents.

Évidemment, M. Olsen avait lui-même oublié comment il s'adressait à son fils.

— Eh bien, les parents non plus n'ont pas le droit de parler ainsi à leurs enfants !

s'exclama Ivan Olsen en cognant sur la table comme le faisait son père.

Ivan frappa si fort que Tarzan tomba de son arbre tout droit dans la gueule d'un crocodile qui l'avala. Dans le livre, bien sûr.

M. Olsen s'épongea le front.

Voici Tarzan qui se fait dévorer ↗

— Tu vois ce que tu as fait, sale gosse ? Tu as tué Tarzan ! gémit-il.

— Je me moque de Tarzan ! jeta Ivan Olsen. Parce que maintenant tu vas t'exercer à sauter de branche en branche, espèce de vieille poule mouillée !

— Pas question ! s'écria M. Olsen d'une voix tremblante. Pas question. J'ai jamais entendu une chose pareille ! D'ailleurs, les adultes n'ont pas à obéir aux enfants. Non mais !

— Eh bien, tu vas voir ce que tu vas voir ! répliqua Ivan. Parce que, pour aujourd'hui au moins, ils devront bien le faire.

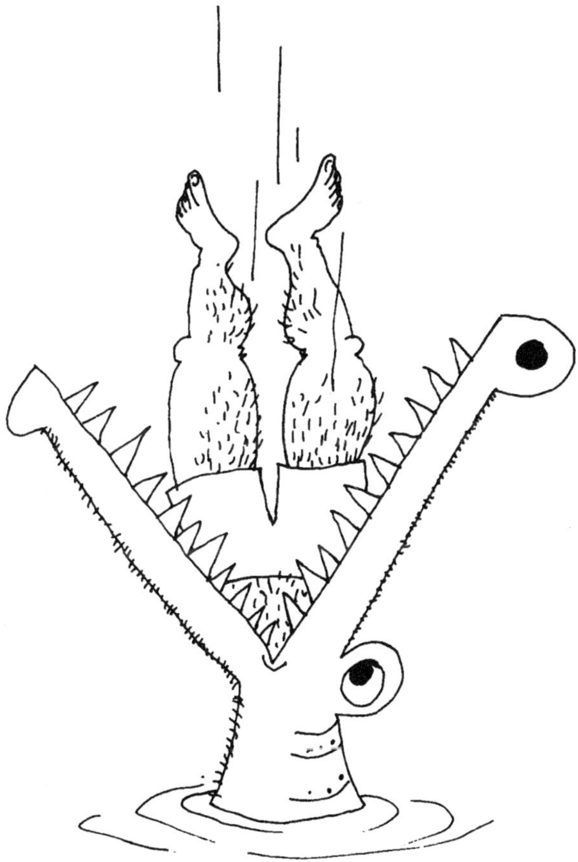

Et Ivan attrapa son père – M. Olsen – sous le bras et le porta jusqu'à un poirier. Là, il l'accrocha en haut d'une branche.

Voici Ivan attrapant son père sous le bras

— Bon, dit Ivan. Montre-moi comment tu sautes d'une branche à l'autre.

— Je… euh… je n'ose pas, gémit M. Olsen, au bord des larmes.

— Ha, ha ! rigola Ivan. Dis donc, un grand garçon comme toi n'a pourtant peur de rien, n'est-ce pas ?

— Non… oui… non… pleurnicha M. Olsen en s'agrippant à une branche qui commençait à craquer. Mais si jamais je tombe, je vais saigner du nez…

— Ça, c'est vrai. Je le sais parce que ça m'est déjà arrivé plusieurs fois, dit Ivan.

— Mais enfin, que veux-tu donc ? gémit M. Olsen. Ça n'arrive qu'aux enfants. Je veux dire que seuls les enfants tombent et saignent du nez.

Au même moment, la branche à laquelle était suspendu M. Olsen se rompit et il s'écrasa par terre en hurlant.

— Tu vois, ça arrive aussi aux adultes, n'est-ce pas ? dit Ivan en aidant son père à se remettre debout.

— Oh, oh ! geignit M. Olsen en essuyant

le sang qui coulait de son nez. Je n'ai jamais eu aussi peur de ma vie.

Et M. Olsen éclata en sanglots pour de vrai.

Pauvre M. Olsen.

Pauvre homme.

Son saignement de nez le rendit si malade qu'il dut se mettre au lit avec un sac de glaçons sur la tête.

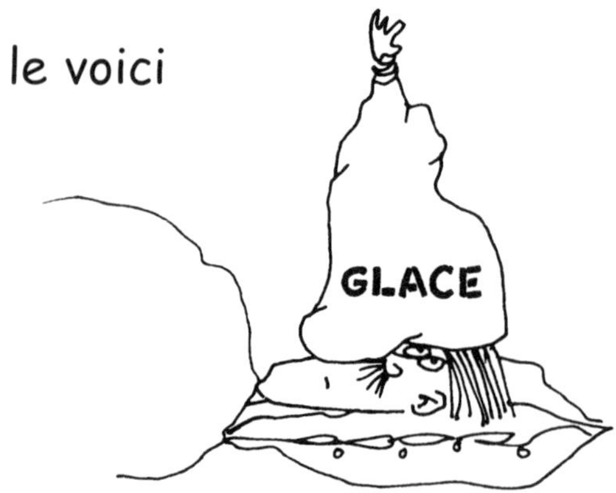


La mère d'Ivan Olsen – Mme Olsen – hocha seulement la tête.

— Eh bien ça, alors… marmonna-t-elle. Ça empire chaque jour.

Peut-être disait-elle vrai.

# 8

Pendant que M. Olsen était au lit à gémir avec sa compresse de glaçons sur la tête, Ivan partit faire un tour à bicyclette. Il sortit le grand vélo noir de la cave et grimpa sur la selle.

— Attention ! cria-t-il en se penchant sur le guidon. C'est moi que voilà, le grand chevalier de la bicyclette !

— Va donc ! lui lança un grand sur sa moto, prêt à lui jouer un mauvais tour. Tu ne sais même pas pédaler, Tarzan à la gomme ! Rentre vite chez ta mère, gros bébé, elle doit changer tes couches !

Ivan Olsen freina pile devant le grand.

— Si j'avais un peu de temps, je te

tremperais bien les fesses comme personne ne te l'a encore fait, espèce de voyou ! Mais faisons plutôt une course.

— Ha ! ha ! ha ! ricana le grand à la moto. Dis donc, ça ne tourne pas rond dans ta tête, aujourd'hui, Tarzan à la gomme !

— Au contraire, répondit Ivan. Mets-toi bien dans ta tête à toi que ça tourne parfaitement rond dans la mienne. Allez, on fait une course.

— Bof, marmonna le grand en allumant une cigarette. Tu crois que je vais m'abaisser à faire une compétition avec un nourrisson ?

— Ha, ha ! lui lança Ivan en se remettant en selle. C'est parce que tu n'oses pas, espèce de gros fromage qui pue !

Le grand s'empourpra de colère.

— Ah ! tu crois ça ! siffla-t-il en écrasant sa cigarette. Non mais ! Je vais t'apprendre, moi...

— Essaie un peu, espèce de gros fromage de chèvre ! répliqua Ivan en pédalant à vive allure le long de la pente.

Devant le supermarché « Diplod », il prit le virage à pleine vitesse en faisant crisser ses pneus. Le grand sur sa moto le poursuivait pleins gaz. Mais, arrivé devant le supermarché, il oublia de prendre le virage. Il continua droit devant lui, fonça dans le magasin et traversa le rayon des téléviseurs. Toujours sur sa moto.

— Qu'est-ce qui vient d'entrer ? demanda une caissière.

— Ma foi… répondit une cliente prête à passer à la caisse avec ses achats. C'était quelque chose qui ressemblait à une moto.

— Impossible, dit la caissière. Nous n'avons pas de motos en rayon.

— Je crois que c'était quand même une moto, déclara la cliente, son sac à la main.

Au même moment, on entendit un énorme fracas au milieu du supermarché.

C'était trois cents boîtes de pâtée pour chat qui s'effondraient et roulaient dans tous les sens.

La caissière et la cliente se précipitèrent.

La moto tournait à vide au beau milieu des boîtes de conserves et son conducteur avait atterri dans un congélateur plein de poulets surgelés.

— Ma foi, vous aviez raison, dit la caissière à la cliente. C'était bien une moto.

— Eh oui ! dit la cliente. Avec son conducteur, par-dessus le marché. Ah ! ces jeunes, ils sont de plus en plus violents. De mon temps…

— Vous avez entièrement raison, madame, répliqua la caissière. De plus en plus violents. À cause de la télé.

— Aïe, aïe, aïe ! gémit le conducteur de la moto. Ben mince, alors !

Ivan Olsen, lui, se dirigeait vers le port. De loin, il voyait déjà la jetée sur laquelle quatre pêcheurs étaient installés.

Il eut tout d'un coup envie d'aller les trouver pour leur dire que désormais il savait monter à bicyclette. Les quatre pêcheurs étaient paisiblement assis à fumer leur pipe en fixant la surface de l'eau lorsque l'un d'eux aperçut Ivan Olsen qui arrivait sur eux.

— Oh non ! gémit-il en lâchant sa canne à pêche. Voilà encore ce cinglé de gosse ! Sauve qui peut !

Aussitôt, tous les pêcheurs lâchèrent leur canne à pêche, leur pipe, leur chapeau et leurs lunettes pour plonger la tête la première.

Ivan s'arrêta sur la jetée.

— Salut ! s'exclama-t-il en faisant des signes aux quatre hommes qui barbotaient dans la mer. Dites donc, j'ai appris à freiner.

Les quatre pêcheurs se regardèrent.

Les voici qui se regardent

— Ah ouais… dirent-ils d'une voix aigre en crachant la tasse qu'ils avaient avalée. Ah ouais… c'est vraiment très drôle.

— Je vais vous repêcher, leur dit Ivan.

— Ah ouais… Très, très drôle… répétèrent les quatre pêcheurs.

— Ben oui, fit Ivan. J'ai toujours rêvé d'aller à la pêche.

C'est ainsi que, ce jour-là, Ivan pêcha quatre très gros poissons au bout d'un hameçon.

# 9

En fin de journée, Ivan Olsen passa devant le stade de football d'où il entendit les spectateurs crier et hurler.

« Tiens, j'aimerais bien regarder ce match », songea-t-il, en garant sa bicyclette devant l'entrée.

Le stade était plein de spectateurs car le match opposait deux équipes très connues ; elles se disputaient un ballon en courant derrière. Les supporteurs, avec leurs sifflets, leurs drapeaux, leurs canettes de bière et leurs cornets de glace, criaient tous plus fort les uns que les autres.

## Voici quelques spectateurs

Tout près d'Ivan, il y avait un vieil homme qui sautait sans cesse sur ses deux pieds.

— Attention à ton arrière ! criait le vieux. Attention à ton arrière ! hurlait-il à son équipe.

— Ça ne va pas, son arrière ? interrogea Ivan.

— Hein ? lui répondit le vieux. Qui ? Quoi ?

— Ben eux, là-bas, dit Ivan, désignant les footballeurs. Qu'est-ce que ça veut dire, ils ont mal au derrière ?

— Ben, j'espère que non, répondit le vieux.

— Alors, pourquoi leur cries-tu de faire attention ? lui demanda à nouveau Ivan.

— Bof… fit le vieux. C'est ce que j'ai toujours entendu crier à un match.

— Ah bon, dit Ivan.

Et Ivan, lui aussi, se mit à hurler aux joueurs de faire attention à leur derrière.

Il y eut soudain un grand tumulte sur le terrain de foot. Le match fut interrompu parce qu'en plein milieu de la pelouse, un joueur se tordait de douleur dans l'herbe.

Il avait reçu une tarte dans l'œil et ne pouvait plus jouer.

# Le voici

— Il aurait dû se méfier de son arrière, grommela le vieux.

Mais personne ne fit attention à ce qu'il disait parce que tous les spectateurs s'agitaient en vociférant de plus belle.

— Il faut un remplaçant ! s'exclamaient-ils. Un remplaçant ! Un remplaçant ! Sinon on perd le match.

— Moi, j'y vais ! dit Ivan Olsen en s'élançant sur le terrain de football avec ses bottes de caoutchouc.

Tout d'abord le public resta muet de stupeur.

Puis il commença à crier.

— Eh, mais c'est Tarzan à la gomme. Hou ! hou ! hou ! Sortez-le ! hurlèrent-ils en reconnaissant Ivan Olsen.

Le joueur qui avait reçu une tarte dans l'œil se releva et fixa Ivan de son œil valide.

— Mon Dieu ! marmonna-t-il en s'essuyant le front. Un petit gosse comme ça ne fera pas le poids.

Mais l'arbitre avait déjà soufflé dans son sifflet et les joueurs se jetèrent à nouveau derrière le ballon.

Ils semblaient tous bien affairés. Le joueur à la tarte fut renversé et eut finalement l'autre œil aveuglé par un brin d'herbe.

— Ah là là ! dit-il. Ça devient de plus en plus dangereux, le foot.

Mais, entre-temps, Ivan Olsen s'était échauffé comme il avait vu faire les vrais champions de foot.

Il sauta sur ses deux jambes, se moucha et remonta ses bottes. Puis il se mit à foncer après le ballon.

# Voici le goal qui voltige dans les filets

Ça ne fut pas du tout difficile pour lui de chiper le ballon aux autres joueurs. Il se faufila entre leurs jambes puis shoota. La balle traversa d'un seul coup le terrain pour arriver en plein dans le ventre du goal.

— Aïe ! gémit ce dernier en s'effondrant dans ses filets.

Et il y resta suspendu.

— But ! s'exclama l'arbitre. Terminé. La victoire aux vainqueurs. Bon, moi, je rentre dîner.

Les spectateurs hurlèrent, sifflèrent à qui mieux mieux puis acclamèrent Ivan Olsen…

Oubliant de l'appeler Tarzan à la gomme.

Ce sont des choses qui arrivent.

Cette nuit-là, Ivan dormit comme une souche, rêvant de la journée la plus extraordinaire de toute sa vie.

# 10

Le lendemain matin, Ivan courut à la rivière avant le lever du soleil.

Mais la vieille sorcière et sa roulotte n'y étaient plus. Il n'y avait qu'une petite tache noire dans l'herbe, là où on avait allumé le feu.

« Eh bien tant pis ! songea Ivan Olsen en poussant un gros soupir. Plus de vœu pour aujourd'hui. »

Et Ivan Olsen ne savait pas à quel point il disait vrai.

Car écoutez-moi bien :

À neuf heures, il tomba du haut du cheval d'arçon et se mit le nez en sang.

À dix heures, il fut enfermé dans les toilettes de l'école.

À onze heures, les grands lui trempèrent les fesses.

Et en rentrant de l'école, il vit son père – M. Olsen – avec un nouveau livre de Tarzan. Qui s'appelait *Le Retour de Tarzan.*

— Regarde, lui dit son père en lui montrant le livre. Regarde-moi ça.

— Ben oui, dit Ivan avec un soupir. Je tâcherai de faire mieux…

BiBLiO MANGO

une collection pour les 6 - 13 ans

À partir de 9 ans

La petite joueuse d'échecs
**Robert Belfiore**

Hector et l'Archange de Chihuahua
**Anne-Marie Pol**
**Cécile Geiger**

Un chat comme moi
**Pascal Garnier**
**Lætitia Le Saux**

BELPHÉGOR
Le masque de glace
L'œil du dragon
Le Signe de Tanit
La Pierre noire
**Michel Laporte**

L'Homme en noir
**Thierry Jonquet**
**Ludovic Le Goff**

Le Chapeau de Lulu
**Susan Meddaugh**

# collectionne les points BiblioMango et gagne des livres !

**9** points **BiblioMango**
**= 1** livre gratuit

●

Pour recevoir le dixième titre de ton choix, découpe et colle tes neuf points sur une feuille.

●

N'oublie pas de mentionner ton nom, ton prénom, ton âge et ton adresse complète ainsi que le titre que tu as choisi dans la collection BiblioMango.

●

Renvoie cette feuille à :
BIBLIOMANGO
4, rue Caroline - 75858 Paris cedex 17

BiBLiOMANGO
1 point